一定要等月亮出来

盖尚铎 ◎ 著

花山文艺出版社

河北 · 石家庄

图书在版编目（CIP）数据

一定要等月亮出来 / 盖尚铎著. -- 石家庄 ： 花山
文艺出版社，2020.5
ISBN 978-7-5511-4538-1

Ⅰ．①一… Ⅱ．①盖… Ⅲ．①诗集－中国－当代
Ⅳ．①I227

中国版本图书馆CIP数据核字(2020)第052328号

书　　名：**一定要等月亮出来**
Yiding Yao Deng Yueliang Chulai

著　　者：盖尚铎

责任编辑：梁东方
责任校对：林艳辉
美术编辑：陈　淼
封面设计：刘红刚
出版发行：花山文艺出版社（邮政编码：050061）
　　　　　（河北省石家庄市友谊北大街 330 号）

销售热线：0311-88643221/29/31/32/26

传　　真：0311-88643225

印　　刷：三河市金泰源印务有限公司

经　　销：新华书店

开　　本：180×210　1/24

印　　张：8

字　　数：35 千字

版　　次：2020 年 5 月第 1 版
　　　　　2020 年 5 月第 1 次印刷

书　　号：ISBN 978-7-5511-4538-1

定　　价：49.80 元

目录

第三辑　动物

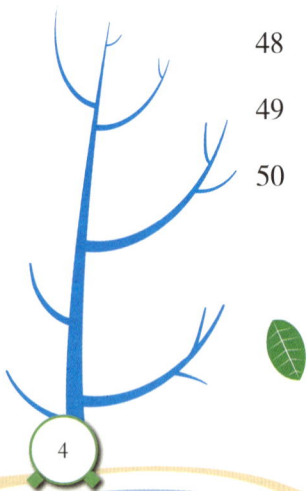

第四辑　亲情

第五辑　友爱

第六辑　成长

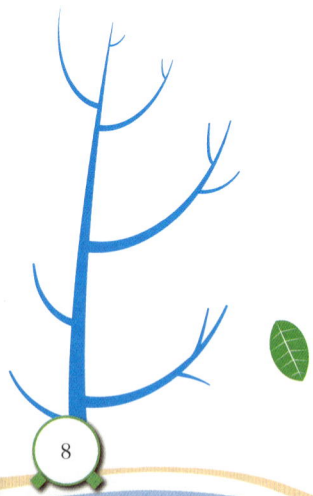

第一辑

天空

太阳洗澡

太阳
每天早晨
都要洗个澡。

你看，
它从大海里出来，
多清爽！
一头金发
还湿着呢。

画月亮

我画夜空，
我画月亮。

笔重一点儿，
夜就黑了，
笔轻一点儿，
月就淡了。

我只能画夜空和月亮，
不能画彩虹，
因为，
我只有一支
黑铅笔。

3

海上日出

是谁
每天早晨
把一条金鱼
从大海里捞出来。

天空
是个大鱼缸，
养着一只
欢蹦乱跳的
太阳。

白天白，黑天黑

白天白，
太阳照着
每一个地球人，
谁也无法隐身，
都有影子。

黑天黑，
满天星星
睁大一双双眼睛，
盯着我，盯着你，盯着他，
看谁敢做坏事！

太阳怎样走路

从东边
到西边，
太阳走了一天。
那么，
它又走哪条路回到东边呢？
天黑了，
谁也没看见。

感谢太阳
没走回头路啊！
如果它原路返回，
就会一直挂在天上，
没有夜晚，
我们又怎么睡觉！

雪花飘下来

雪花，
飘下来，
没有和谁商量。

没有
和小木屋商量，
就落在了屋顶。

没有
和小黑狗商量，
就让它变成了小白。

没有
和孩子们商量，
因为早在春天里
他们就已约定。

流星

一颗星星
从天上掉下来。

唉，
我的手太小，
真是没有办法
接住它。

它落到地上，
会很疼吧？

小雨点儿

风婆婆，
带着小雨点儿，
到我家来。
你瞧，
一个个小脚丫，
踩湿了窗台。

找星星

昨天夜里
有一颗星星
从天上滑下来，
落在了咱家的屋顶。

爸爸，
请让我
踩着梯子
爬到炊烟升起的地方
找一找。

我想，
那颗小星星，
一定躲在烟囱的后面，
和我捉迷藏。

月亮下棋

月亮
喜欢下棋，
把一颗颗小星星
摆到棋盘上。

晚风啊，
你就好好看棋吧，
别鼓着嘴巴吹，
真担心，
你把棋子刮跑。

一盘好棋
还没下完呢。

小雪花

小雪花，
你快来吧，
冬天已赶着马车
去接你。
到时候我们一起
堆个大雪人，
笑眯眯。

小雪花，
你快来吧，
有一个胡萝卜
比我还急呢，
它早就想给雪人
做红鼻子。

亲密太阳

太阳
和大海最亲密，
每天早晨
从海的怀里
升起来。

太阳
和大山最亲密，
每天傍晚
到山的背后
藏起来。

风

大风啊，
你在发脾气吗？
嗓门那么大！
吼，
吼，
吼。
我劝你，
你都不听，
还把我的那些话，
当树叶
给刮跑啦！

早晨

小鸟
捉到第一条小虫，
乐得直蹦高，
叫起来。

太阳公公
被小鸟吵醒了，
红着脸说：
"今天，
我又没小鸟起得早。"

月亮照照

星星一出来，
点亮了那盏台灯，
小狗坐在窗口
大声读书。

月亮听见了，
把头探进窗口，
它嫌那盏台灯不够亮，
留下一捧月光
给小狗照亮。

阳光

阳光这家伙，
很调皮。
你看它，
进屋不敲门，
总是从我家的窗口
跳进来，
然后什么也不做，
像一只懒洋洋的猫
趴在地上。

星星爆米花

是谁？
这么不小心，
撒落满天的爆米花。

我要赶在天亮之前
把它们捡起来，
一颗颗
装进月亮
这个银盘里。

谁想吃，
就来抓一把。

月亮妈妈

月亮妈妈
笑微微，
那些眨着眼睛的星星
是您的小宝贝。

摇篮曲，
满天飞。
亲爱的月亮妈妈，
一天有多累！
要拍着那么多小宝贝
一个个入睡。

第二辑

大地

春姑娘

春姑娘，
踩着暖阳到乡下
走亲戚。

快瞧呀，
她穿着新鞋子，
脚步轻轻。

那双厚棉鞋呢？
一定是让冬天给收起来，
藏在箱子里。

花海

红丝巾，
红裙子，
妈妈带我
去看油菜花。

黄黄的，
黄黄的花海，
又多了两只
红蜻蜓。

榆钱

春阿姨，
不是我说你，
你样样都好，
就是有些偏心眼！

不是吗？
你给柳树送新芽，
你给杏树送花瓣，
却给门口那棵老榆树，
送榆钱。

榆钱啊，
余钱。
这么多钱！
老榆树，
怎么花得完？

秋天的篮子

秋天来到果园，
笑呵呵地
开始采摘。

苹果，
鸭梨，
大枣，
装满了篮子。

山楂想：
还有我呢。

山楂，
请别着急，
秋天有好多的篮子，
装得下你。

红叶请柬

秋姑娘，
要出嫁啦，
她把一枚红叶
捎给城里的小狗。

这红叶，
是请柬啊！

小狗，
快带上你的礼物，
你的祝福，
赶到乡下去，
参加秋天的婚礼！

山骆驼

驮着花朵，
驮着绿色，
一座座山峰，
像远行的骆驼。

山骆驼，
等等我，
春天要和你一起
走向沙漠。

露珠里的太阳

夏天的早晨，
太阳起床，
从大海里跳出来，
溅了大地一身水，
被打湿的小草
滚着露珠。

你快看，
每一颗露珠里
都有一颗太阳。

打雪仗

老北风，
喜欢打雪仗。

它攥不好雪团，
只会抓起一把又一把雪，
使劲扬。
砰砰砰，
砰砰砰，
不管谁的兵，
个个都中"枪"！

打雪仗，
怎么能乱放枪！
这个老北风，
到底是哪伙的？

地球摇篮

如果能找到，
长长的吊绳，
就把地球拴起来，
挂在月亮上。
悠过来，
悠过去。

高山，
大海，
所有的人，
所有的花草树木，
还有动物，
都在这个大摇篮里，
睡成婴儿。

大海也有舍不得

大海很富有，
又不小气，
你要啥它给啥。
给小蟹，
给小虾，
还有一滩小贝壳，
任你随便拿。

只有浪花，
大海舍不得，
谁看见过哪个赶海人，
能摘朵浪花
带回家？

森林里的冬天

老北风，
真的疯了，
跑到大森林里
撒野！

棉衣，
棉帽，
棉手套，
瘦瘦的猴子，
"胖"成了狗熊。

大树们，
穿得那么少，
一个个被冻僵了，
冻得不会说：
"冷！"

苍耳

苍耳，
我喜欢你！

秋天，
高粱红了，
苹果熟了，
你也有了自己的果实，
结出一个个
小刺猬。

禾苗破土

一棵棵禾苗，
露出尖尖小嘴，
正拱破土皮
钻出来。

鸡妈妈
乐得大声叫：
"大家快来看呀，
田野里这么多小鸡，
在啄壳！"

花衣裳

秋天妈妈
有双巧手，
她给田野女儿
做了一件花衣裳。

小豆荚
摇着铃铛来了，
送上金豆豆
做纽扣。

稻田写诗

不是蜻蜓，
不是燕子，
爸爸妈妈在插秧，
写出春天的诗。

一棵棵，
一行行，
秧苗是文字，
稻田是稿纸。
这诗很整齐，
没有长短句，
比盖爷爷写的诗更鲜活，
有根有叶有花，
秋风一吹，
会变成沉甸甸的稻穗。

露珠最公平

花朵
要喝露水。
树叶
要喝露水。

狗尾草
咂咂嘴：
"我也想喝，
不知给不给？"

给，
都给。
夏日的露珠最公平，
不会漏掉谁！

杏花雨

杏花雨
从树上飘下来,
芳草地上
落满了花瓣。

花瓣,
花瓣,
是杏花雨
小小的雨点儿。

千手观音

秋天
用画笔
描绘着稻浪，
也没忘给白杨林
涂抹一层金。

杨树们
知道答谢，
懂得感恩，
在露天舞台上，
她们舞动一只只金手臂，
正给秋天表演
舞蹈——
千手观音。

迎春花

迎春花
甩着一条条
黄辫子，
站在村口
迎接春阿姨。

春阿姨
把她拥在怀里，
让你久等了，
迎春花，
我的——
黄毛丫头！

咯吱····

踏雪

鹅毛雪，
飘呀飘，
妞妞去踏雪，
脚下咯吱咯吱叫。

妞妞想：
是不是我的新棉鞋，
鞋底有些硬，
把雪踩疼了？

雪说：
"没有啊！
踏雪多好玩，
咯吱咯吱，
那是我在笑。"

绿皮火车

春天，
开来一列绿皮火车，
不声不响地
停在山坡。

看！
草地上
星星点点的小花
是刚下车的乘客。

下雨不打伞

风儿跑来送信，
告诉小秧苗，
小雨点马上就到，
赶快避雨。

消息长上翅膀，
很快飞遍田野，
小秧苗们，
排好整齐的队列，
准备迎接！

小秧苗，
谁也没打伞，
都想让亲爱的小雨点
淋湿自己。

摘梨

爸爸的手
很轻。
妈妈的手
很轻。

看他们小心的样子，
好像从树上摘下的
是一个个
带把儿的——
鸡蛋。

夏天里的雪人

如果雨，
下着下着，
变成雪，
大朵大朵的雪花，
在夏天里开放。

我收起伞，
站在院子里，
一动不动地站着，
直到——
站成一个
雪人。

月亮和地球

要是没有月亮，
夜晚的地球，
就是一颗
黑星星。

要是没有地球，
夜晚的月亮，
你的灯再亮，
照给谁！

柳叶

老柳树，
饿了一个冬季，
春天来了，
想要吃东西。

你看，
返青的枝条上，
长出一排又一排
绿牙齿。

一定要等月亮出来

读诗，
不是赶路，
急不得，
一定要等月亮出来。

夜晚，
诗是摇篮曲，
月亮不听一首诗，
会睡不着。

第三辑

动物

怎样才能看到彩虹

有头小猪，
喜欢在雨天里睡觉，
雨停了，
小猪不知道。

那道弯弯的彩虹，
只露了一下脸，
就回家了，
小猪没看到。

小猪说：
"我的天哪！
要是不下雨，
我就不会睡觉，
要是不睡觉，
就看见彩虹了！"

老虎和大象

老虎对大象说：
"咱俩不一样，
你吃草，
我吃肉。"

大象对老虎说：
"咱俩也一样，
吃东西，
都要用牙齿，
不吃东西，
都会饿。"

老虎一想也是，
从此不再和谁提吃肉的事。

谁说狐狸骗过人

谁说狐狸
骗过人，
我看狐狸
很单纯。

小狐狸，
问大狐狸：
"你骗过人吗？"
大狐狸说：
"我没骗过人，
只骗过一只
乌鸦。"

小猪哼哼

小猪有个习惯，
每次打电话
总要先"哼哼"几声
才讲话。

小猪打电话
给小狗，
向它问好。
小狗好开心，
也很奇怪：
这次小猪在电话里，
怎么没"哼哼"？

小狗不知道，
小猪边拨号边"哼哼"，
等电话接通，
已经"哼哼"完了。

河边有一只老虎

蝈蝈叮嘱小兔，
千万别去河边，
那里有一只老虎，
正在吃老鼠。

小兔问：
"老虎很凶吗？"
蝈蝈说："凶得很，
老虎还'喵呜喵呜'地吼！"

小兔笑了：
"谢谢你的提醒，
不过，这样的老虎，
我家也有一只。"

捉迷藏

捉迷藏，
不要去河边吧，
青蛙的眼睛那么大，
一定看得见。

其实青蛙的嘴不快，
不会说出你藏在哪里，
它只关心雨后
河水有多深。

青蛙也喜欢捉迷藏，
不等看见你的影子，
它就跳进水里，
把自己先藏起来。

绿脚印

爬山虎，
走到哪里，
都要留下一串
绿脚印。

红房子
请爬山虎来做客，
客人没进屋，
顺着墙往上爬，
爬过门窗，
爬到屋顶……

红房子，
爬满绿脚印，
变成绿房子。

比蛋

鸡蛋，
没有鸭蛋大，
鸭蛋没有鹅蛋大。

鹌鹑，
不和谁比，
只埋头下自己的蛋，
小是小，
却很细心地
给每颗小宝贝
绘出
一道又一道
花纹。

狗熊

都说狗熊
很笨。
它从来只会
干傻事。

我觉得，
它比猴子聪明，
从来不相信，
月亮
会掉进井里。

长鼻子大象

大象，
耷拉着耳朵，
眼睛眯眯。
我真担心，
它走路不在意，
会不会
踩疼自己的
长鼻子。

树叶小鱼

月牙儿
像一湾池塘，
一条条小鱼游出来，
游到树上。

到了白天，
小鱼回家了，
只有一片片叶子
挂在树上。

蜜蜂

分手时，
说过再见，
可它飞走以后，
再也没回来。

如果有谁知道，
它的消息，
请快告诉那朵金盏花吧，
她很着急。

生太阳

一大早，
鸡爸爸，
就冲着太阳喊：
"快快升吧！"

鸡妈妈说：
"生呢，生呢，
别急呀，
给我一点儿时间。"

鸡妈妈，
生了一个蛋。
不，
生了
一个太阳。

我把小鸡涂成红色

我用颜料，
把一只小鸡
涂成红色。

小鸡问我：
"你为什么不把自己
涂成红色？"

我不知道，
该怎样回答小鸡，
脸红起来。

到山坡走走吧

小羊，
到山坡走走吧。

这个冬天，
不是很冷。
雪地上，
有那么多阳光，
一定很温暖。

小羊，
到山坡走走吧。

当心点儿

几只小鸟，
在树上玩耍，
蹦蹦，
跳跳。
唧唧，
喳喳。

小鸟，
请你们当心点儿，
别碰掉
枝头的花苞，
它就要结出果实，
做妈妈。

小狗不叫

我家小狗，
从来不叫。
饿着肚子不叫，
啃到肉骨头不叫，
掉进脏水坑里不叫，
被人踩疼了尾巴不叫。
小狗，
像我爸爸一样，
不爱说话。

小狗在前，
我在后，
走进森林和草丛，
去看小蘑菇。
突然，小狗一声尖叫：
"蛇！"

金龟子访问树叶国

一片树叶一幅版图，
一片树叶一个国度。

金龟子，
短短一个上午，
从这片国土，
飞到那片国土，
访问了十个国家，
先后会见五位总统三位首相两位国王，
还有王后。

有多少树叶国，
邀请金龟子去访问？
你还是走进大森林，
站在树下，
自己数一数。

跑调

斑马唱歌，
总是跑调，
报考动物文工团，
谁也不想要。

草原说：
"他们不要我要。
想唱你就放声唱吧，
草原这么大，
任你跑！"

青蛙唱歌呱呱呱

夏天音乐会开幕，
歌手青蛙登台演出。
呱呱呱，
呱呱呱，
唱了一曲又一曲，
粉丝鼓掌欢呼。

有只百灵鸟，
在台下悄悄嘀咕，
这是在唱歌吗？
呱呱呱，呱呱呱，
怎么听起来，
像打架子鼓。

路过池塘

青蛙们，
刚洗完澡，
一个个躺在池塘边，
晒日光浴。

听见脚步声，
谁也不再呱呱叫，
"扑通扑通"跳进水里，
把自己藏好。

青蛙们，
实在对不起，
是我路过池塘，
无意间把你们打扰。

小白狗小黑狗

一条小狗，
从屋外跑进来。

"喂，
小白狗。"

"错，
我是小黑狗。"

噢，
知道了，
屋外下大雪啦！

会走的墙

小狐狸，
正在画壁画，
一回身，
发现一堵墙。

刷刷刷，
刷刷刷，
在墙上画了一扇窗。

咦，
墙怎么走了？
原来是头大象。

兔子没去过北京

有只兔子，
一生都没机会进城，
更没去过北京。

兔子，
很羡慕星星，
其实它不知道，
星星也没去过北京。

星星，
只是在夜里，
站在很远的天边，
看上几眼，
亲爱的北京。

毛毛虫

毛毛虫，
样子很难看。
要去参加选美比赛，
怎么办？

别急，
还有时间，
等它生出翅膀，
就是一只漂亮的蝴蝶，
美如花仙。

找

蜻蜓飞到荷塘，
来找青蛙。

没见到青蛙，
听说它在午睡，
满塘荷叶，
哪一片
是它的夏凉被。

蜻蜓飞累了，
落在荷花床上，
歇歇脚。

它不知道，
要找的那只青蛙，
就睡在自己的下铺。

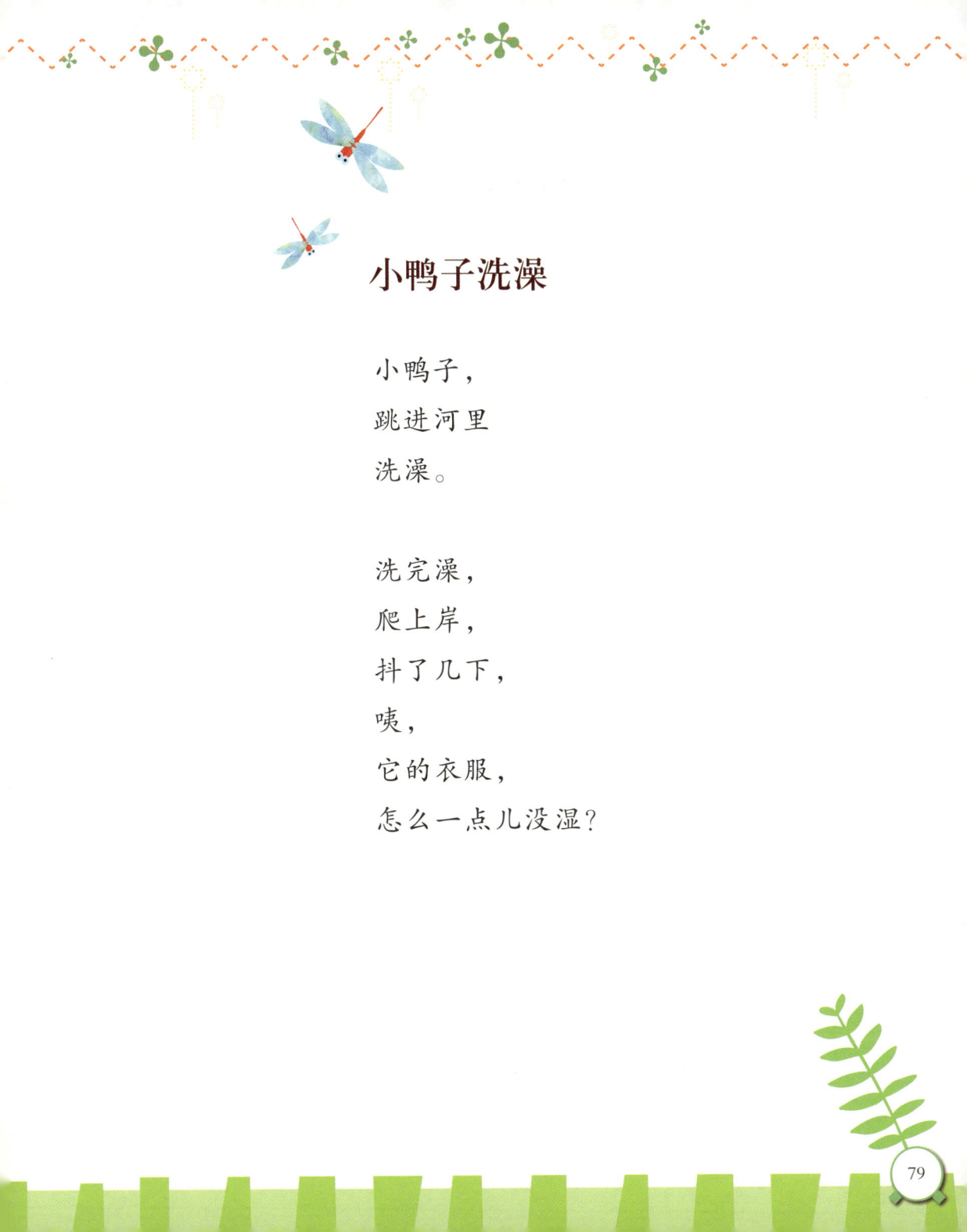

小鸭子洗澡

小鸭子，
跳进河里
洗澡。

洗完澡，
爬上岸，
抖了几下，
咦，
它的衣服，
怎么一点儿没湿？

青蛙见到了冬天

飘雪时节，
青蛙在地下冬眠，
它没有时间
和冬天见面。

有人采摘一枚雪花，
保存到夏天，
送给那只青蛙，
弥补遗憾。

青蛙很高兴：
"我见到了冬天，
它有六个角，
我很喜欢。"

大象要称体重

有头大象，
想要称体重。
它来到一条船上，
找曹冲。

船长说：
"大象先生，
您这是从古代来的吧？
我们这里，
只有我和水手，
没有曹冲。"

大象，
被赶下船，
船忘记了卸货，
就开走了。

小猫读书

小猫读书，
风从窗口飘进来，
给它翻页。

风的手，
翻得很快，
等一下，
还有两行，
没读完呢。

陪小猫读书，
风也跟着长知识，
阅读不能匆忙，
要慢下来。

小鸟生了一个蛋

小鸟说：

"我生了一个蛋，

带着蓝蓝的花纹，

像枚月亮。"

小狗说：

"我要是会爬树，

一定去你家，

看一看。"

小鸟要把歌儿交给你

有只小鸟，
站在枝头上，
不叫，
也不动。

噢，
小鸟在静静地等着，
风来了，
它就会唱歌。

风儿，
你快些，
到小树林来吧，
小鸟要把歌儿交给你，
带到远方。

红和绿

小兔画画，
送给妈妈。

瞧，
画的啥呀？

红绿，
绿红，
红红绿绿
绿绿红红……

兔妈妈，
很高兴：
"我很喜欢，
这片草莓园。"

蜜蜂蜇了蝈蝈

有一天，
蜜蜂发火，
蜇疼了蝈蝈。
我问蝈蝈为什么？
它不好意思说。

真是奇怪，
我认识的蜜蜂，
只会采蜜，
很少把谁招惹，
从来没蜇过，
小花妹妹，
小草哥哥。

黄

小蝴蝶，
穿身黄衣裳，
喜欢和油菜花，
捉迷藏。

小蝴蝶，
快出来吧，
你妈妈，
找不到你啦！

扫雪

鹅毛大雪，
下了一夜才歇，
松鼠抡起大尾巴，
起早来扫雪。

扫出小路，
通向大街，
扫出一小块空地，
给觅食的麻雀。

回家

小甲虫，
走出家门去玩，
一不留神，
让风吹跑了脚印。

玩够了，
小甲虫要回家，
丢失了来时的脚印，
找不到路。

路边的小草，
如果你们捡到了，
那些小脚印，
请还给它。

袜子手袋

松鼠妹妹，
真好玩，
拎着袜子，
当手袋。

买个橘子，
装进去，
袜子说：
"这是谁的脚丫？
球一样圆！"

小狗学游泳

妈妈教小狗，
学游泳。

妈妈做样子：
啪啪啪！
小狗往后退：
怕怕怕！

风来了，
推了小狗一下，
小狗掉进河里，
怕怕怕变成啪啪啪！

妈妈憋不住乐，
逗得河水翻浪花。

悄悄话

有只兔子，
每天夜晚，
喜欢坐在阳台上，
看星星。

他的耳朵，
很长很神奇！
能听见小星星说
悄悄话。

每天晚上，
兔子来到阳台，
看星星，
都不忘戴上耳机。

小溪流

小花狗，
碰翻了脸盆，
水淌出来，
成了一条小溪流。

小花狗，
尖叫起来——
眼睛变成两只蝌蚪，
在小溪里游。

是忘还是记

小狗小鸡，
聚到一起。

小狗叫：
"汪汪汪！"
小鸡叫：
"叽叽叽！"

一个要忘，
一个要记，
我不知道他俩说的，
是不是一件事呢？

蜻蜓侦察机

几只蜻蜓，
盘旋飞得低。
是不是
没找到机场，
不知降落在哪里。

没事的，
大家别担心，
我们是侦察机。
今夜有暴雨，
我们来看看这片居民区，
有没有
还没搬完家的小蚂蚁。

第四辑

亲情

打呼噜

如果派我爸爸，
参加打呼噜比赛，
他一定能获胜，
把十头小猪打败！

爸爸去出差，
呼噜打到上海，
爸爸去布鲁塞尔，
呼噜打到国外。

人打呼噜，
这事不算奇怪。
听不到爸爸的呼噜妈妈睡不着，
让我真奇怪！

今天星期几

起床后奶奶问我：
"今天星期几？"
"星期天。"

吃饭时奶奶问我：
"今天星期几？"
"星期天。"

睡觉前奶奶问我：
"今天星期几？"
"星期天。"

你看我，
只有一个奶奶，
却有这么多星期天！

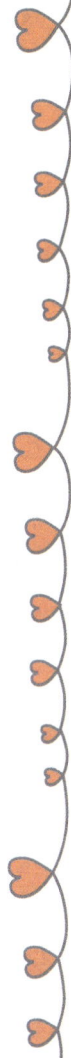

爸爸不是老虎

我爸爸属虎，
长着两颗虎牙，
只是没有尾巴，
从来不吃人。

爸爸不是老虎，
妈妈可以证明，
结婚这么多年，
她都没被吃掉。

蝴蝶追我

在妈妈眼里，
我是最美的花朵，
这话她只对我一个人
悄悄说过。

咦，
那只蝴蝶，
是怎么知道的？
你看它，
飞飞飞到院子里，
不停地——
追我！

晾衣服

妈妈，
把洗完的衣服，
一件一件，
晾在阳台上。

透过窗口，
我看见，
天边，
那朵飘浮的云，
是爸爸的白衬衫。

小狗，我想抱抱你

喂，
小狗，
我想抱抱你，
可为什么，
你老是往后躲呢？

小狗乖乖，
让我抱你一下吧，
就像妈妈，
抱着弟弟。

dog

103

方向盘

爸爸开汽车，
手握方向盘。

方向盘，
方向盘，
为啥不是方的，
那么圆。

我问爸爸，
他也不知道，
我真怀疑他的驾照，
是咋考的！

板凳床

布娃娃，
要睡觉了。
小板凳，
给它当床。

我有些担心，
板凳床，
没有栏杆，
布娃娃一翻身，
会不会滚到地上？

寄花香

小院丁香树，
开了满头花，
爸爸打工去城里，
好久没回家。

小蜜蜂，
你会有办法，
请帮我把一树花香，
装进瓶子里。
我要选一家最好的快递，
寄给爸爸。

给姥姥送苹果

妈妈，
去姥姥家的路，
还有多远？
能不能把我
也放在
你挎的篮子里。

如果有谁问，
篮子里装着什么？
您就说：
"是姥姥爱吃的——
小苹果。"

看动物

爸爸，
带我去动物园，
看长颈鹿吧。

爸爸问，
只看长颈鹿？
猴子、狗熊、孔雀、大象，
要不要看？

爸爸，
您忘啦！
那只长颈鹿，
住在动物园的最里边，
顺路就可以看看
猴子、狗熊、孔雀、大象。

棉花糖

天很蓝，

那几团白云，

爬上妞妞的舌尖，

咂咂嘴，

有点儿甜。

爸爸说过，

等他从城里回来，

就给妞妞买

一团大大的

棉花糖。

妈妈·家

妈妈不在家，
为什么
家就空了，
空空的。

妈妈回到家，
为什么
家就满了，
满满的。

孙悟空多好

爸爸，
你要是孙悟空多好！
变出许多小猴，
爬上花果山。

爸爸，
你要是孙悟空多好！
只会打妖怪，
不打孩子。

没长出白胡子

妈妈喜欢照镜子，
边照边问镜子：
"你说我，
是不是老喽？"

没等镜子回答，
我就接过话茬：
"妈妈，
我的妈妈，
您还没长出白胡子，
怎能说老！"

小岛

爸爸是海，
妈妈是海，
我是海中间的
小岛。

小岛，
喜欢海。
喜欢——
风平浪静的海。

熊猫爸爸

爸爸讨人喜欢，
笑眯眯的样子，
就像一只
大熊猫。

包饺子

和面，
拌馅，
擀面皮，
爸爸妈妈包饺子。

我当小帮手，
学习包饺子，
捏来，
捏去，
终于弄出一只
丑小鸭。

绿房子

亲爱的牵牛花，
我知道，
你喜欢爬篱笆。

亲爱的牵牛花，
别再羞答答，
撒开你的小脚丫，
快快到我家。

爬上窗台，
爬上墙，
给我爬出座绿房子，
让它装满童话。

大苹果

大苹果，
挂在枝头上，
时不时拨开叶子，
做个鬼脸，
馋小孩。

大苹果，
你就等着吧。
我爸爸个子那么高，
一定会有办法，
把你摘下来！

画大熊猫

爸爸铺开宣纸，
画好多大熊猫，
有大的也有小的，
就像妈妈带着孩子。

爸爸呀，
还不快画竹子，
没有竹叶吃，
大熊猫就会饿死。

想家的海螺

这只海螺
是爸爸看海时，
带回来的。

海螺，
什么也不说，
它想家啊！
总是在梦里，
回到大海。

小板凳睡着了

小板凳，
躺在地板上，
摆出四脚朝天的样子，
一定是睡着了。

小板凳，
我疼你，
知道你整天站着，
很累，
就多睡会儿吧。

找来妈妈的红纱巾，
给你盖上，
你睡得那么死，
不会蹬被子。

守时狗

墙上的钟，
独自走圈圈，
几秒几分几点，
小狗从来不看，
可在它心里，
有个时间。

每晚六点，
小狗准时等在家门口，
妈妈下班，
小狗迎上前，
轻轻地
摇着小尾巴，
好像电视剧里的仆人，
给太后请安。

太阳照照

树上的枣，
是青的，
太阳天天给照照，
就红了。

太阳，
天天照着我爸爸，
他的脸
怎么黑了？

沙子

妈妈说我，
是个淘孩子，
爱玩沙子。

妈妈，
您说得不对，
我是和沙子们
一起玩。

手风琴

手风琴，
喜欢撒娇，
像个小孩子，
想让大人抱。

爸爸抱抱，
它乐得不得了，
一个个小音符跑出来，
蹦蹦跳跳。

快来揭开锅盖吧

夏天火热，
房间成了大蒸锅，
爸爸，
妈妈，
我，
是三个会走的
馒头。

秋天，
你在哪里？
快来揭开锅盖吧，
晾凉些，
请你吃馒头！

125

我想变成一个土豆

我想变成一个土豆，
光溜溜的土豆，
到菜篮子里，
和西红柿、青椒、茄子、洋葱，
住一个夜晚，
做个好梦。

早晨，
赶在妈妈下厨前，
一定要变回来，
别让她，
把我切成——
土豆丝。

魔盒

我要打开魔盒，
给这个世界，
送些什么。

放出春风，
给花朵。
放出蓝天，
给白鸽。
放出大海，
给船舶。
放出星星，
给银河。

就是不肯放出，
讨厌的雾霾，
不管它怎么求我。

炒豆豆

妈妈，
炒豆豆。

啪，
啪啪，
啪啪啪，
啪啪啪啪……

有几颗豆很怕热，
从锅里蹦出来。

第五辑

友爱

贝壳

大海退潮了，
浪花急着回家，
把玩具，
丢在沙滩上，
瞧，湿漉漉的小贝壳，
多漂亮。

大海说：

"谁喜欢就拿走吧，

不用商量。"

吃

大象，
吃树叶，

骆驼，
吃树叶。

长颈鹿，
吃树叶。

他们一定是商量好了，
把树下那片嫩草，
留给小羊。

你能不能躺下

苹果树，
你站了那么久，
一定很累。
能不能躺下，
歇一会儿，
就像看果园的老爷爷，
枕着秋风，
躺在山坡上。

好让那个小胖墩，
不用爬树，
伸手就能摘到
大苹果。

石头椅子

在大森林，
放着一把椅子，
哪个动物走累了，
就坐下歇脚。

椅子是石头的，
扶手很光滑，
靠背不硬，
坐着很舒服。

看小狐狸，
朝着椅子走来，
老虎故意放慢脚步，
不去抢座位。

贝壳饼干

一枚枚贝壳，
一块块饼干，
那是大海妈妈
为浪花们
准备的早餐。

浪花，
有点儿馋，
可它不能自己先吃，
要等所有的伙伴。
好吧，
先伸出舌尖，
舔一舔。

给小鸟读诗

清晨，我在树下，
给小鸟读诗。
小鸟仔细倾听，
安静得像片叶子。

突然，
一串鸟鸣，
从树上滑下来，
落到我的诗笺上。

噢，小鸟，
用自己的语言，
把我的诗，
复读了一遍。

花草帽

在谷地旁边，
有一顶花草帽，
谁丢的呀？
不知道。

田鼠守候半天，
没人来找，
漂亮的花草帽，
先给稻草人戴上吧，
不大不小，
他顶着日头站在田野，
挺辛苦的，
别晒着。

燕子去南方

燕子，
忙着收拾行装，
准备去南方。

秋风
送燕子，
把天空擦亮。
屋檐
想燕子，
有点儿忧伤。

亲爱的燕子，
再见吧！
等你明年衔着春天
回到家乡。

大鱼

小鱼，
长成大鱼，
要多少日子。

大鱼啊，
千万别欺负小鱼，
可不可以？

海那么大，
是不是
也没欺负过你！

柳树理发

柳树把长发，
剪短了，
鸟儿跑来看，
在枝条间，
轻轻地跳跃。

多好的小鸟，
它们很小心哟，
生怕弄乱
柳树的新发型。

大风太调皮了

我不喜欢
大风，
它太调皮了。

你看它，
扯着树的头发
荡秋千，
还抓起大把大把沙尘
往天上扬。

真担心！
那些小树叶
会不会迷眼睛？

蜗牛和长椅

老槐树下，
那把长椅时常叹气，
不知为什么，
好久没人坐了。

有只蜗牛路过这里，
悄悄爬到长椅上，
它一定是走累了，
找地方歇歇脚。

蜗牛离开时，
留下一串潮湿的脚印。
长椅的心好温暖，
好滋润。

纺织娘

纺织娘，
你整天忙！
织好布，
送染坊，
染完晾三天，
做成花衣裳。

花衣裳，
给谁穿？
不给蝈蝈，
不给螳螂，
送给小蝴蝶，
穿上就像花一样。

做客

小狐狸，
邀请大象，
到家里坐坐。

小狐狸想：
自己的房子有些小，
大象又高又大，
会来做客吗？

小狐狸
推开屋门一看，
客人来了。

大象说：
"你家小院真美！
我们在院里走走吧，
看看你种的花。"

两棵树

有两棵树，
谁也不和谁说话，
一年又一年，
各长各的。

小狗想：
这怎么行呢？
他拉着两棵树，
拴了个吊床。

躺在吊床上，
小狗惊喜地发现，
两棵树比以前近了，
在说悄悄话。

葫芦娃娃

葫芦妈妈，
生了一帮娃娃。
蝈蝈知道了，
跑去告诉大家。

蝴蝶来了，
乐得手舞足蹈；
蜜蜂来了，
带来甜蜜祝福。

风儿来了，
啥也没说，
拉着葫芦娃娃
打秋千。

兔耳朵

小猪家
养了一盆花，
只有两片叶子，
长长的。

小猪问小兔：
"你知道它是什么花吗？"
小兔说：
"那两片长叶子，
像我耳朵，
就叫它兔耳朵吧。"

小猪说：
"好！
我想你时，
就和兔耳朵说
悄悄话。"

刺猬和青蛙

刺猬在河边散步，
碰见一只青蛙。
青蛙蹦得那么高，
刺猬很害怕。

青蛙说：
"刺猬，别怕！
你看我身上光溜溜的，
连根铁钉都没带。
哈哈！
要害怕，
也应该是我吧？"

刺猬笑了：
"你真是个好青蛙，
我们可以做朋友吗？
拥抱一下。"

吃“饼干”

我吃煎饼，
斑点狗跑来看，
它没吃过煎饼，
心想：
这么薄的饼干，
甜不甜？

朋友就是朋友，
好东西要一起分享，
快掰下一小块，
请小狗尝尝。

吃桑葚

花喜鹊，
在树上摘桑葚。

小猪想：
那东西很好吃吧。

花喜鹊送几颗
给小猪尝尝。

小猪说真甜，
染出一个紫嘴唇。

颜色

黑兔子，
用红杯子；
白兔子，
用黄杯子；
灰兔子，
用蓝杯子。

黑白灰，
红黄蓝。
三只兔子，
在喝水，
杯子里的水
是透明的没有颜色。

第六辑

成长

空空的篮子装满快乐

不是所有的云彩
都能下雨。
不是所有的雨天
都出彩虹。

小白兔
没有采到蘑菇，
空空的篮子
装满快乐！

我知道，
雨停的时候，
她在回家路上
挎着一弯彩虹。

和太阳比一比

要比，
就和太阳比一比。
不比谁个子高，
不比谁起得早。
要比就比，
谁的胆子大。

下雨天，
我敢跑到院子里，
噼噼啪啪踩水。
太阳呢，
怕淋湿自己，
不知躲去了哪里。

小蜡烛

小蜡烛，
甩着独辫，
来参加烛光晚宴。
登上银烛台，
头顶着小火苗，
乐颠颠。

小蜡烛，
总是在夜晚，
点亮每一张笑脸。
小小的火苗，
告诉我们，
快乐，
还有幸福，
只要一点点。

总有一天

不要说，
小树的枝丫，
太嫩太软，
只适合小甲虫，
住在上面。

哦，小树，
你会长大的，
就算长得很慢，
总会有一天，
沉甸甸的鸟儿结伴飞来，
光着小脚丫，
踩在你的肩。

海浪花

海浪花
到岸边来，
总是和伙伴们一起
肩并肩，
排成排。

它知道
自己力气小，
给海滩带来那么多贝壳，
一个人拿不动。

蓝喜鹊

蓝喜鹊，
喳喳叫，
它站在枝头报喜呢，
知道不知道？

知道，知道，
我还知道，
不是所有的喜鹊，
都会报喜。

如果有一天，
你遇见不会报喜的喜鹊，
一定不要生气，
因为，你和我遇见的，
踫巧是同一只，
千万别把它
当成乌鸦，
请珍惜。

小狗摇尾巴的事

小狗摇尾巴，
我喜欢，
爸爸不喜欢，
妈妈喜欢不喜欢，
她没说。

摇不摇尾巴，
是小狗自己的事，
我们，
最好别管！

影子

太阳一伸手，
就把我的影子，
拉得老长。

早晨，
它使劲地拉呀拉，
把我拉成
长颈鹿。

中午时，
太阳累了，
拉影子的手松了一下，
我成了一只
小龟。

下午呢，
我会被拉成什么？

做小蚂蚁

我搬椅子，
妈妈说不行，
你还小，
搬小板凳吧。

小小的我，
不是高高的大象，
很乐意，
做小蚂蚁。

那些小蚂蚁，
比我还小呢，
它们能把一个家
搬来搬去。

做什么都不容易

做一朵浪花，
并不比做一片大海，
更容易。

浪花在海上走路，
经常跌倒，
忍着疼。

做一朵云彩，
并不比做一片天空，
更容易。

云彩在天上旅行，
飞来飞去，
不怕累。

蚂蚁不怕麻烦

如果我是蚂蚁，
一定把房子，
建在高一点儿的地方，
不用每次下雨
都搬家。

蚂蚁说，
我们不怕麻烦，
喜欢这样。

我说，
我也不怕，
等你们下次再搬家，
麻烦告诉我一下，
好去帮忙。

小狗看望远镜

小狗眼睛亮晶晶,
盯着一架望远镜。
不看南北,
不望西东。

镜头,
抬高点儿,
再抬高点儿。

噢,
小狗的风景在天上,
要看最远的星。

找线团

小猫滚线团，
滚着滚着就丢了。
毛线团，
你在哪儿？
左找，右找，
找不着。

小猫想不到，
是我把毛线团，
藏在身后，
还躲在旁边
装好人！

我要看动画片

说，

接着说，

还不快播放动画片！

今天这个主持人怎么没完没了，

他的舌头，

就是长长的火车，

在嘴里奔跑。

跑呀，

跑呀，

忘了车站，

还有等车的人。

脸谱

每当小猫做错事，
就戴上脸谱，
好像这样就不是自己了，
让别人难为情。

小猫一不小心，
打碎了客厅的花瓶，
快戴上脸谱，
成为孙悟空。

妈妈笑着说，
我的齐天大圣！
还不变出一把笤帚，
把打碎的花瓶扫进垃圾桶。

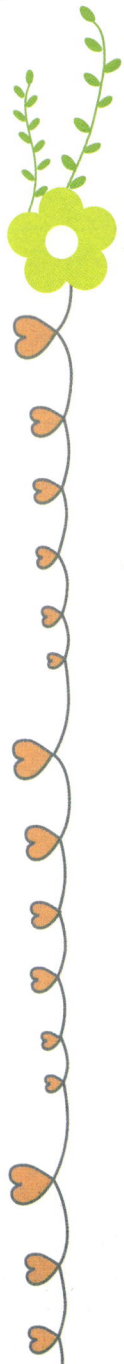

快乐是一只金孔雀

星期天，
全家去动物园，
看狮子、看斑马、看狗熊，
还有袋鼠、大猩猩。

感谢这些动物，
接见了我们。
快乐是一只金孔雀，
在我们的心里开屏！

旅伴

一只蜗牛，
要到远方旅行，
蚂蚁说：
"请带上我吧，
给你做伴。"

蜗牛说：
"旅途很长，
按照我们的速度，
要走很久。"

蜗牛，
蚂蚁，
开始上路。
只要不停下来，
总有到达的时候。

猴子借走我的书

分手后，
再没见到猴子，
这么久了，
不知道，
他改没改掉，
囫囵吞枣的习惯。

直到秋天，
猴子托人捎来口信，
说我借他的书，
还没读完。

猴子，
那些书，
你不要急于还，
想把书读出滋味来，
要细嚼慢咽。

花风筝

花风筝，
喜欢猫冬，
躲在小木屋里，
睡得正香。

屋檐下的燕子，
拜托你们！
在衔来春风的那个早晨，
一定多喊几声，
把花风筝，
叫醒！

不能让她，
错过这个春天，
放飞的梦！

看不见的翅膀和天空

看不见的翅膀，
在看不见的天空飞翔。

看不见的翅膀，
有羽毛。
看不见的天空，
有霞光。

这羽毛，
这霞光，
为这个世界编织着，
看得见的——
梦想。

看不见的天空，
飞翔着看不见的翅膀。

手

一只鸽子，
落在爸爸手上。

我伸出手，
鸽子理也不理，
一定是担心我手小，
托不住它。

鸽子，
告诉你，
我的手很有力，
落过一架纸飞机。

谁赶鸭子上架

听说有人，
要赶鸭子上架，
鸭子，
就是鸭子，
为什么要逼它，
做和鸡一样的事情。

别再赶鸭子
上架，
除非你自己
能上火星。

吃着吃着就长大了

咱家的食槽
个头高，
小驴驹要吃东西
怎么够得着？

小驴驹，
瞅着食槽，
吃妈妈的奶，
吃着吃着就长大了，
比那食槽
还要高！

小旗帜

我有一面
小旗帜。
三角形的
小旗帜。
红艳艳的
小旗帜。

我家小狗
走到哪里，
我就把小旗帜
插到哪里。

知道吗？
我家那只小狗，
叫"胜利"！

樱桃红

小院的樱桃熟了，
结满一树
红星星。

我要摘一捧
送给太阳公公
先尝尝。

是阳光
点亮我的童年
甜甜的梦。

我想做个鸡蛋

我想做个鸡蛋，
你没听错，
我再重复一遍，
我想做个
鸡蛋。

不要蒸，
不要煮，
不要腌，
不要把我打碎，
做成蛋糕或蛋卷。

我要回到鸡妈妈身边，
孵上二十一天，
你再看，
我会变成小鸡，
啄破蛋壳，
啄出自己的一片天！

小绿人

有个小绿人，
每天站在路旁，
只为一件事，
收信。

瞧，
有人来了，
把贴好邮票的信，
放到小绿人的嘴里，
它应了一声：
"嗯。"

这一声"嗯"，
说得很轻很轻，
只有投信人，
才能听到。

叶子

一片叶子，
被虫虫，
咬出豁口，
一定很疼吧？

我把它，
小心夹在书里，
这里很安静，
请你慢慢养伤。